Peter Verhelst

# DAS GEHEIMNIS DER NACHTIGALL

Nach „Die Nachtigall" von H. C. Andersen

*Mit Bildern von* Carll Cneut
*Aus dem Niederländischen von* Mirjam Pressler

Boje

Vor Hunderten von Jahren ließen sich die Männer die Köpfe noch kahl scheren, bis sie auf dem Hinterkopf eine einzige Haarlocke zurückbehielten. Diese Haarlocke ließen sie wachsen, sodass sie sich wie eine dünne, schwarze Schlange über ihren Rücken schlängelte. Die Frauen trugen ihr Leben lang Kinderschuhe, um kleine Füße zu behalten. So lange ist es her, dass der Kaiser aller Kaiser von China an alle Gärtner des Landes den Befehl erließ, zum Palast der Paläste zu kommen.
Die Gärtner erhielten den Auftrag, einen Plan für einen neuen kaiserlichen Garten der Gärten zu zeichnen. Wer den schönsten Plan zeichnen würde, einen, der den Kaiser zum Träumen brächte, sollte zur Belohnung ein lebensgroßes Standbild aus echtem Gold bekommen. Aus allen Teilen des Landes strömten die Gärtner herbei.

Der Kaiser betrachtete die Pläne einen nach dem anderen. Bei den meisten fing er an zu gähnen, woraufhin der Plan sofort in einem tragbaren Öfchen verbrannt wurde. Der Gärtner, der den langweiligen Plan gezeichnet hatte, legte sich auf den Boden und bedeckte den Hinterkopf mit einem Tuch, um sich dafür zu entschuldigen, dass er dem Kaiser so viel kostbare Zeit gestohlen hatte.

Als der Kaiser den Plan eines kleinen, unbekannten Gärtners aus dem fernsten Winkel seines Reichs betrachtete, legte sich der Gärtner alsogleich auf den Boden und bedeckte seinen Hinterkopf mit einem Tuch, um sich zu entschuldigen.

„Hm", sagte der Kaiser. Er winkte mit der rechten Hand. Alle verneigten sich und bewegten sich rückwärts auf die Palastwand zu und hielten den Atem an. Doch als sich auch der Gärtner zu verneigen und rückwärts zu gehen begann, stellte der Kaiser einen Fuß auf dessen Gewand.

Der Kaiser legte den Zeigefinger auf die Lippen. Der Plan war so kompliziert, so überraschend und so verwirrend, dass Dutzende von Spezialisten nötig waren, um auch nur einen Teil davon zu begreifen.

„Hm, hm", sagte der Kaiser. Die Höflinge wussten nicht, was sie davon halten sollten. Gefiel der Plan dem Kaiser so gut oder mochte er ihn gar nicht?

Der Kaiser schloss die Augen. Einige Höflinge schüttelten missbilligend die Köpfe und sagten lautlos: „Ein dummer Plan. Ein dummer, dummer Plan." Andere nickten einander beifällig zu und sagten tonlos: „Schön! Ein schöner, schöner Plan!"

Der Kaiser machte die Augen auf und betrachtete den Gärtner.

Der Kaiser lächelte.

Sofort lächelten die Höflinge einander zu.

Der Kaiser nickte. „Ja", sagte er. „In meinen Träumen bin ich oft in einem Garten herumgelaufen." Er deutete auf den Plan. „In diesem Garten."

„JA!", riefen alle. „JAAAA!!!!"

„EINE GUTE WAHL DES KAISERS!", riefen sie.

„So GUT!"

Gleich nachdem der Gärtner unter lautem Beifall zum Ersten Kaiserlichen Gärtner ernannt worden war, machte er sich daran, den Garten der Gärten anzulegen. Keine Sekunde durfte verloren gehen.

Die berühmtesten Züchter des Reichs begannen Blumen und andere Pflanzen miteinander zu kreuzen, bis sie neue Blumen und Pflanzen erhielten, die denen auf den Zeichnungen des Ersten Kaiserlichen Gärtners glichen wie ein Tropfen Wasser dem anderen.

Um den Überblick zu behalten, nahm der Erste Kaiserliche Gärtner in einem Korb Platz, der an einem Heißluftballon hing.

„Ich werde keinen Fuß mehr auf den Boden setzen", versprach er feierlich, „bis der Garten der Gärten fertig ist." Hoch über der Erde schrieb er seine Befehle auf Streifen von Reispapier, rollte sie zusammen und band sie an die Füße von speziell ausgebildeten Tauben. Diese brachten die Botschaft zu den Arbeitern und kehrten kurz darauf mit einem Reiskuchen oder einer Lychee zurück.

Viele Jahre lang hing der Ballon in der Luft. Tausende von Arbeitern kamen und gingen.
Die Befehle, die der Gärtner auf Reispapier schrieb, wurden immer kürzer und die Buchstaben immer kleiner. Der allerletzte Bericht war auf ein Briefchen geschrieben, das kaum größer war als ein Reiskorn. Man brauchte ein Mikroskop, um es zu entziffern. Da stand: fertig.

Nichts in dem Garten ist, wie es aussieht. Die Baumstämme glänzen wie riesige Lederstiefel und die Blumenfelder verändern ihre Farbe durch den Wind von einer Sekunde zur anderen. Es gibt Blumenkelche, die klirren wie hauchdünne Kristallglöckchen. Andere springen auf, wenn man sie berührt. Wieder andere Blumen verströmen den Duft nur, wenn ein Verliebter sie betrachtet, einen Duft, der so süß ist, dass die Bienenschwärme davon betrunken werden und seltsame Formen annehmen, wie zerplatzendes Feuerwerk.

Die Hecken bilden ein Labyrinth, so groß und so in die Irre führend, dass keiner wagt, es ohne ein Fähnchen zu betreten, das meterhoch über die Pflanzen hinausragt. So kann man ihn finden, wenn es Abend wird.

Im Herzen des Kaiserlichen Gartens der Gärten liegt der Kaiserliche Palast der Paläste und glitzert wie ein riesiger Diamant. An den Toren stehen Dutzende von Leibwächtern mit messerscharfen Schwertern. Hunderte der schönsten Mädchen und Hunderte der schönsten Jungen des Landes tanzen schweigend auf Zehenspitzen durch die Gänge, um die Hüften meterlange Seidentücher gebunden, damit sie tanzend jedes Staubkorn vom Boden aufwischen.

Tausende Menschen wimmeln durch den Palast und jeder weiß genau, was er oder sie tun muss, und was absolut verboten ist.

Eine Million Menschen leben rund um den Garten der Gärten und träumen jede Nacht davon, einmal im Palast arbeiten zu dürfen.

Tausend Millionen Menschen im ganzen Land wenden mindestens einmal am Tag wie Sonnenblumen das Gesicht zum Palast, der mitten im Garten der Gärten schimmert.
Zweitausend Millionen Augen für einen einzigen Kaiser.
Und dieser eine Kaiser muss nur einmal mit dem Finger schnippen, um die Tausend Millionen Untertanen dazu zu bringen, dass sie sich verneigen. Eine gerunzelte Augenbraue, um jeden erschrocken niederknien zu lassen. Ein Lächeln, um alle zum Lachen zu bringen, stundenlang, wenn es sein muss. Ein Gähnen, und die Vorhänge des Palasts werden zugezogen und Glühwürmchen werden verteilt, damit der Kaiser unter seinem geliebten Sternenhimmel schlafen kann.
Kurz gesagt, das Leben des Kaisers der Kaiser von China ist einfach.
Nein.
Das Leben des Kaisers der Kaiser von China war einfach.
Bis zu dem Tag, an dem er dieses Buch las.

Der Tag, an dem sich unser Leben veränderte, begann wie jeder andere. Nachdem der Kaiserliche Spezialist für Hygiene festgestellt hatte, dass wir uns vom Kopf bis zu den Zehen gewaschen hatten, dass die Füße der Frauen perfekt eingebunden waren und die Pferdeschwänze der Männer mit frischem Zitronenöl eingerieben waren, durften wir alles für das Kaiserliche Frühstück vorbereiten.
Damals war ich noch ein Mädchen. In dem Dorf, aus dem ich kam, nannten sie mich Das-Mädchen-das-sich-auf-die-Luft-stützen-kann. Als ich noch in der Wiege lag, hatte ich die sich windenden Bewegungen der Schlangen beobachtet. Als ich laufen konnte, lehrten mich die Eichhörnchen, einen Baumstamm hinaufzurennen, und schließlich lernte ich von den Affen, wie man sich von Baum zu Baum schwang, ohne sich die Beine zu brechen.
Ich verblüffte alle im Dorf, wenn ich mich auf eine Baumspitze stellte und mich so weit zurückbog, dass mein Kopf zwischen meinen Beinen zum Vorschein kam. Meine Eltern nannten mich: Unser-Mädchen-das-geschmeidig-ist-wie-eine-Schlange-und-durch-die-Luft-springt-wie-ein-Affe.

Weil in einem Dorf jeder jeden kennt und jeder jemanden aus einem anderen Dorf kennt, der jemanden kennt, der im Palast arbeitet, standen eines Tages sieben in Gold gekleidete Männer auf unserem Marktplatz. Einer rief: „Wo ist das Mädchen, das so geschmeidig ist wie eine Schlange, das klettern kann wie ein Eichhörnchen und sich von einem Baumwipfel zum anderen schwingen kann wie ein Affe? Wo ist sie?" Alle Dorfbewohner schauten zum höchsten Baum, in dem ich saß und lachend winkte.
Meine Eltern waren stolz und traurig zugleich, denn noch am selben Tag zog ich in den Kaiserlichen Palast der Paläste.

Ich war allein für die Vorratshaltung in der Küche verantwortlich. Das muss man sich mal vorstellen. Ich arbeitete in einem Gebäude, das vom Boden bis zum Dach mit Esswaren vollgestopft war. Meterhoch. Nach einigen Tagen fand ich schon alles mit verbundenen Augen.

Der Koch trat in den Saal und rief: „Kohl, Reis, Karotten, Sellerie, Schweinelende", und dann sprang ich blitzschnell von einem Stapel zum nächsten und landete in einem perfekten Salto vor dem Koch. „Bitte", sagte ich. „Kohl, Reis, Karotten, Sellerie, Schweinelende."

Weil ich so flink arbeitete, konnte ich jeden Tag ein paar Stunden im Garten der Gärten verbringen. Aber nur in den Stunden, in denen sich der Kaiser nicht im Garten aufhielt.
Ich kletterte in den höchsten Baumwipfel und konnte nicht genug von dem bekommen, was ich sah. Es war, als säße ich auf einer Wolke über einem Farbenmeer. Und wie sich die Farbe des Meeres durch Sonne und Wind verändert, schien sich der Garten von einer Sekunde zur anderen zu verändern.
Jeden Tag schnitten die Gärtner alle Pflanzen zurecht, damit sie genau aussahen wie auf dem Plan des Ersten Kaiserlichen Gärtners.
In warmen Nächten lag ich faul in einer Astgabel und träumte, ich könnte die Wolken berühren. Ich war vollkommen glücklich.

Ab und zu durfte ich in mein Dorf zurück, wo sie mir Löcher in den Bauch fragten, wie es im Palast war.
„Und, hast du schon mal den Kaiser gesehen?", fragte jemand.

Das erste Mal, dass ich den Kaiser sah, war an dem Tag, an dem alles anders wurde. Morgens hatte der Kaiser wie gewöhnlich seinen Spaziergang über die zart betauten Grasflächen seines Gartens der Gärten gemacht, danach hatte er ein leichtes Frühstück aus Mango, Nüssen und Schokoladenkörnern genossen, während ihm der Kammerherr aus dem Buch des Gartens der Gärten vorlas.

In dieses Buch trugen Besucher des Kaiserlichen Gartens ihre Bewunderung in Briefen und Gedichten ein.

Der Kammerherr las ein kurzes Gedicht, das in der Form einer Blüte geschrieben war:
*Wie die zarte Haut von Mädchen*
*Erröten blasse Blüten*
*Wenn sie die Schritte des Kaisers hören.*

Als der Kaiser das hörte, lächelte er, dann lächelte auch der Kammerherr, und danach ging das Lächeln von Mund zu Mund, von Gemach zu Gemach, durch die Flure, stockte einen Moment an den Palastmauern, wo die strengen Wächter standen, die Hand am Schwert. Aber das Lächeln wurde zu einem Schmetterling und konnte so bis in die äußersten Winkel des Kaiserreichs gelangen.

Ermutigt durch das Lachen des Kaisers las der Kammerherr noch ein Gedicht, geschrieben in der Form eines Pfirsichs:
*Weich wie ein Pfirsich, zart wie eine Pflaume*
*Ist der Garten, wenn der Kaiser*
*Gute Laune hat.*

Der Kaiser begann hinter der Hand zu kichern.
„Weich wie ein Pfirsich", sagte er. „Zart wie eine Pflaume!"
Er lachte und sein Lachen breitete sich bis an die Grenzen des Landes aus.

Dann las der Kammerherr das folgende Gedicht:
*Der Garten ist himmelich schejn*
*Aber schejner als das al*
*Ist der Gesang der Nagtegal.*

Der Kaiser runzelte eine Augenbraue.
Überall im Palast hielt man erschrocken die Luft an. „Der Kaiser hat eine Augenbraue gerunzelt, o weh, o weh, der Kaiser hat eine Augenbraue gerunzelt!"
„Lies das noch einmal", sagte der Kaiser.
Der Kammerherr hüstelte, räusperte sich und flüsterte: „Vielleicht ist es unmöglich richtig zu lesen, was da steht, denn das Gedicht ist voller Fehler. Vielleicht meint der Schreiber etwas ganz anderes als das, was wir lesen."

Der Kaiser nahm dem Kammerherrn das Buch aus der Hand und las:
*Der Garten ist himmelich schejn*
*Aber schejner als das al*
*Ist der Gesang der Nagtegal.*

„Was ist eine Nagtegal?", fragte der Kaiser laut.
Leichenblass deutete der Kammerherr auf das Gedicht, das in der Form eines Vogels geschrieben war.
„Vielleicht ist eine Nagtegal ein Vogel", flüsterte der Kammerherr.
„Wie ist es möglich", sagte der Kaiser, „dass etwas in meinem Reich schöner ist als der Garten, und dass ich nichts davon weiß? Wie kann das sein?"
Niemand wagte zu atmen.
„Ich will die Nagtegal heute Abend sehen", sagte der Kaiser in einem Ton, der keinen Widerspruch duldete. Der Kammerherr verbeugte sich tief und verließ rückwärts gehend die Kammer.

Überall im Palast lief man mit gesenkten Köpfen herum und einer fragte den anderen: „Was ist eine Nagtegal, kennt jemand eine Nagtegal, hat jemand, bitte schön, je von einer Nagtegal gehört?"
Aber keiner wusste eine Antwort.
Der heftig schwitzende Kammerherr betrat sich verneigend die Kaiserliche Kammer und sagte:
„Gnädigster Kaiser, niemand hat je von dieser Nagtegal gehört. Vielleicht ist es einfach ein Irrtum. Jemand, der so viele Fehler in einem einzigen Gedicht schreibt, hat sich bestimmt geirrt, als er es in das Buch des Gartens der Gärten schrieb."

„Unsinn", schnauzte der Kaiser. „Ich will die Nagtegal treffen. Heute Abend! Und wenn das nicht klappt, dannnnn …"
Der Kammerherr fiel auf die Knie, schlug sich mit den Handflächen gegen den Hinterkopf und hörte nicht damit auf, sich mit den Handflächen gegen den Hinterkopf zu schlagen.
Und jeder im Palast fiel auf die Knie und hörte nicht auf, sich mit den Handflächen gegen den Hinterkopf zu schlagen.

Ich stand, vollkommen im Gleichgewicht, hoch auf einem Bambusstängel am Rand eines Teichs und zeichnete mit der Fingerspitze die Wolken nach. Erst als ich damit fertig war, hörte ich das Jammern und sah überall Palastbewohner herumkriechen und sich gegen den Hinterkopf schlagen. „Oh je, kennt jemand die Nagtegal? Wenn es nicht klappt … oh je."
Mit einem doppelten Salto landete ich auf dem Boden.
„Es ist keine Nagtegal, sondern eine Nachtigall", sagte ich.

Natürlich kannte ich die Nachtigall. Sie war meine Freundin.
Als ich noch in meinem Dorf lebte, hatte ich sie jeden Abend singen hören, wenn ich oben in einem Baum nach den Sternen griff. So rein sang die Nachtigall, dass mir Tränen des Glücks aus den Augen liefen. Sie unterbrach ihren Gesang nur, wenn ich auf der höchsten Baumspitze das Gleichgewicht suchte. Während ich die Sterne pflückte, flatterte die Nachtigall jubelnd um meinen Kopf.

„Du bringst uns die Nachtigall", sagte der Kammerherr.
„Folgt mir", sagte er zu den Palastbewohnern und deutete mutig auf einen Punkt in der Ferne.

Ein junger Soldat nahm mich auf die Schultern und wir liefen los, gefolgt vom Kammerherrn, der auf den Schultern eines zweiten Soldaten Platz genommen hatte. Und gefolgt vom halben Palast.

„Psst", sagte ich, und alle spitzten die Ohren.
„Da ist die Nachtigall", rief einer der Palastbewohner erleichtert.
„Seltsam, dass so ein kräftiger Laut aus einem Vogel kommen kann."
„Schön, schön, schön!", riefen die anderen Palastbewohner im Chor.
„Das ist nur eine Kuh, die muht", sagte ich, und wir eilten weiter.

Kurz darauf kamen wir an einen Sumpf.
„Schön, schön, so schön!", rief ein anderer Palastbewohner.
„Eine Stimme wie eine bronzene Glocke."
„Das sind Frösche, die quaken", sagte ich.

Dann kamen wir in den Wald.
Alle waren mäuschenstill.
Und dann begann die Nachtigall zu singen.

„Darf ich vorstellen", sagte ich. „Das ist meine Freundin, die Nachtigall."
Der Kammerherr betrachtete erstaunt das graue Vögelchen. „Wie ist das möglich?", fragte er. „Hat es vielleicht aus Verlegenheit seine Farben verloren, weil es von so vornehmen Menschen besucht wird, wie wir es sind?"

„Wie ist es möglich, dass sich in einem so langweiligen, grauen Vögelchen so eine goldene Kehle versteckt?", flüsterte ein Palastbewohner.
„Es wird Erfolg haben", jubelte der Kammerherr. „Der ganze Palast wird entzückt sein!" Er meinte natürlich: Der Kaiser wird mir dankbar sein. Der Kaiser wird mich belohnen.
Feierlich hüstelte der Kammerherr und sagte: „Vortreffliche mausgraue Nachtigall, es ist mir, dem Kammerherrn des Kaisers der Kaiser von China ein großes Vergnügen, Sie zu einem Fest im Palast einzuladen, wo Sie den hochedelgestrengen Kaiser der Kaiser von China glücklich machen werden."
Alle Palastbewohner schauten die Nachtigall lächelnd an.
Der Kammerherr versuchte es noch einmal: „Nehmen Sie die Einladung an, Nachtigall-mit-der-goldenen-Kehle?"
„Im Wald klinge ich besser", sagte die Nachtigall, „aberrr …"
„Bedeutet das ja, liebe Nachtigall?", flüsterte der Kammerherr und wischte sich den Schweiß von der Stirn.
„Ich möchte den Kaiser gern treffen", sagte die Nachtigall. „Also ja."
Alle brachen in lauten Jubel aus.
Sobald die Nachtigall zugestimmt hatte, schossen die beiden schnellsten Wächter wie Speere los, um dem Kaiser die frohe Nachricht zu überbringen. Der Kammerherr hob den Arm und gab seinem Träger die Sporen, als wäre dieser ein Pferd.

Als wir im Garten der Gärten ankamen, war es Abend geworden. Es war, als treibe der Palast zwischen Sternen. Ein Meer aus flackernden Kerzen ließ die Mauern erzittern.
Am Eingang standen die Wächter Spalier.
Ihre erhobenen Schwerter schienen durch die Flämmchen, die sich hundertfach in ihnen spiegelten, zu brennen.
Auch die Säle des Palasts badeten in einem Meer aus Licht und Farben.
Es war, als wäre der Garten der Gärten durch die Palastmauern gewachsen, so üppig waren sie mit Blumen behängt, die Fußböden waren verschwenderisch mit Blüten bedeckt, die Luft mit Walddüften parfümiert.

Speziell für diese Gelegenheit hatte der Juwelier des Kaisers ein goldenes Bäumchen gemacht, damit sich die Nachtigall zu Hause fühlen sollte.

Ich ließ den Kaiser nicht aus den Augen – was willst du, es war das erste Mal, dass ich den Kaiser der Kaiser von China lebendigen Leibes vor mir hatte. Ich sah, wie er die Nachtigall anschaute, als betrachte er etwas durch ein Vergrößerungsglas.
Ich sah, wie sich seine rechte Augenbraue einen halben Millimeter hob, als wundere er sich über die Tatsache, dass so viel Aufhebens von einem so kleinen Dingelchen gemacht wurde.
Der Kaiser schnippte mit dem Finger.

Stille.

Der Kaiser nickte.
Die Nachtigall durfte singen.
Und die Nachtigall sang.

Der Kaiser blinzelte.
Seine Augen verwandelten sich in schmale Schlitze.
Ganz langsam, fast unmerklich, streckte er den Hals vor, um der Nachtigall näher zu kommen.
Immer näher.
Der Kaiser beugte sich vor und lächelte.
Ich schwöre, ich habe gesehen, wie sich der Kaiser der Kaiser von China, der Mann, der so mächtig war, dass morgens die Sonne für ihn aufging, vor einem kleinen, grauen Vogel aus dem Wald verneigte.
Ich habe ein goldenes Licht auf dem Gesicht des Kaisers erglühen sehen.
Und ich habe gesehen, wie der Kaiser die Augen schloss und wie unter den Kaiserlichen Augenlidern Tränen erschienen.
Zwei Kaiserliche Tränen.

Man konnte hören, wie diese Tränen auf den Boden des Palastsaals fielen, als die Nachtigall aufhörte zu singen.

Der Kaiser machte einen Schritt zur Nachtigall hin.
Er sagte: „Ich weiß nicht, wie …"
Der Kaiser schüttelte den Kopf und versuchte es noch einmal:
„Nie zuvor hat mir jemand …" Und wieder schwieg er.
Lächelnd hob er schließlich die Schultern. Er verbeugte sich und klatschte Beifall für die Nachtigall.
Wir applaudierten, lachend und weinend zugleich.
Bis der Kaiser die Hände hob.

Feierlich sagte er: „Wer den Kaiser der Kaiser von China so mit Glück erfüllt hat, bekommt ein Geschenk, das ebenso groß ist wie die Dankbarkeit des Kaisers."
Und er wandte sich an die Nachtigall: „Was willst du als Geschenk, liebe Nachtigall? Du kannst dir wünschen, was du willst."
„Das Glück des Kaisers ist mein Glück", antwortete die Nachtigall. „Eure Glückstränen sind die schönsten Diamanten. Ein größeres Geschenk ist nicht nötig."
Alle klatschten und warfen Blumen in die Luft.

Wir umarmten einander und wussten, dass die Freude innerhalb einer Stunde die Grenzen des Kaiserreichs erreicht haben würde.

Tag und Nacht wurde die Nachtigall von vier Wächtern bewacht, die sie abends zum Thronsaal brachten. Am linken Fuß trug die Nachtigall vier Bänder, gewebt aus den Haaren des kaiserlichen Pferdeschwanzes. Jedes Band war an ein Handgelenk eines Wächters gebunden.

Manchmal, wenn ich im Garten der Gärten auf einer Baumspitze saß, winkte ich der Nachtigall zu, während sie herumgetragen wurde, aber sogar ich durfte sie nicht mehr besuchen. „Aus Gründen der Staatssicherheit", sagte der Kammerherr.
Ich glaube, dass der Kaiser die Einsamkeit der Nachtigall erkannte. Warum hätte er ihr sonst jenes Geschenk machen wollen:
eine Nachtigall aus Gold, geschmückt mit Rubinen, Diamanten und Brillanten?
Ein Abbild, in dem sich eine Mechanik befand, die genauso sein sollte wie die Kehle der echten Nachtigall.

Eines Tages besuchte der Erste Kaiserliche Arzt die Nachtigall in Gesellschaft des Ersten Kaiserlichen Juweliers und des Ersten Kaiserlichen Musikinstrumentenbauers.

Der Arzt maß die Nachtigall von Kopf bis Fuß und öffnete ihren Schnabel mit einem Holzlöffelchen. Die Nachtigall hörte, was der Arzt, der Juwelier und der Musikinstrumentenbauer zueinander sagten, als wäre sie nicht dabei.
Der Arzt sagte: „Vielleicht müssen wir sie aufschneiden, um das Geheimnis ihrer Kehle herauszufinden."

Sie schnitten die Nachtigall nicht auf, aber sie schauten ihr in die Kehle, während sie sang.
Mit einem Vergrößerungsglas sahen sie, wie sich die Kehle bewegte und zitterte und sich wand, und sie zeichneten jeden Millimeter der singenden Kehle auf große Bögen Papier und bauten sie in Gold nach. Und dieses goldene Mechanikteilchen steckten sie in die Kehle der goldenen Nachtigall.

Und dann kam der große Moment.
Der Erste Kaiserliche Juwelier zog die Mechanik auf, der Erste Kaiserliche Musikinstrumentenbauer nickte und die goldene Nachtigall begann zu singen.
Ohne jedes Stocken.
Schön.
Schön!
So … rein.
So … perfekt im Takt.
Wie ein … Uhrwerk.

Alle waren wie auf Wolken.
Jetzt hatten wir zwei Nachtigallen, eine lebende und eine aus Gold.

Der Kaiser nickte. Jetzt! Gemeinsam singen! Ja!
Ja!
Nein.

Es war eine Katastrophe.
Nicht anzuhören.
Es war eine Kakophonie.

Wie war das möglich?
Noch einmal! Und noch einmal! Immer wieder.
Zwanzig Mal!
Sie versuchten es so lange, bis die lebende Nachtigall ganz erschöpft war und die goldene Nachtigall weitersang, jedes Mal das gleiche Lied, jedes Mal perfekt.
So verzaubert waren wir von der goldenen Nachtigall, dass wir die echte vergaßen.

Ein paar Tage später fragte der Kaiser: „Hatten wir nicht … zwei Nachtigallen?"

Alle machten erstaunte Gesichter. „Wo ist die andere Nachtigall, die aus dem Wald, die … graue?"
Die Nachtigall war nirgends zu finden.

„Wie traurig macht mich dieser undankbare Vogel", sagte der Kaiser. Und der ganze Palast brach in Tränen aus. Der Kammerherr kroch auf Knien zum Kaiser und wir hörten ihn tröstende Worte flüstern, wie: „Mausgrau … keine Erziehung … den Kaiser nicht wert … viel, viel schöner … die goldene Nachtigall wird mit Vergnügen für Euch singen, jeden Moment des Tages, wenn Ihr es wollt."

Der Kaiserliche Musikinstrumentenbauer sprach mit Freudentränen in den Augen über die Kehle der goldenen Nachtigall, die so perfekt war wie ein Uhrwerk, und der Kaiserliche Juwelier zählte auf: alle Juwelen, die wir kennen, Rubine, Diamanten, Brillanten, Amethyste, Jade, Silber, gelbes Gold, weißes Gold, Lapislazuli! „Ihr habt alles", sagte der Kammerherr. „Warum solltet ihr weniger wollen?"

Es blieb lange still.
Der Kaiser hatte einen Entschluss gefasst. Er rief: „Jeder in meinem Reich soll meine goldene Nachtigall sehen und hören, damit jeder weiß: dies ist die Einzige Echte Kaiserliche Nachtigall."
Wir jubelten der Einzigen Echten Kaiserlichen Nachtigall zu.
Der Kaiser hob die Arme.
Er sagte: „Alle anderen Nachtigallen sind …" Der Kaiser machte ein drohendes Gesicht und alle sanken zusammen und der Kaiser schlug kurz mit der Hand auf seinen Hinterkopf, woraufhin sich jeder im ganzen Land mit der Hand auf den Hinterkopf schlug. „Alle anderen Nachtigallen", sagte der Kaiser, „sind ab jetzt … verrrrboten und verrrrbannt! Und jeder, der es wagt, diesen Nachtigallen zu helfen oder sogar nur an sie zu denken: verrrrboten … und verrrrbannt!"

Man sagt, dass Menschen, die ein Bein oder einen Arm verlieren, in dem Körperteil, der nicht mehr da ist, Schmerzen spüren.
Unmöglich, denkt man, man kann doch keinen Schmerz in etwas fühlen, was nicht da ist.
Aber der Schmerz gehorcht den normalen Gesetzen nicht. Schmerz ist wie Traurigkeit. Traurigkeit schwillt und macht dich müde, unendlich müde. Nach einer Weile ist die Traurigkeit so groß, dass sie dich ganz zudeckt und du nicht mehr darunter hervorkommst, egal, was du auch probierst.
So groß ist die Traurigkeit geworden, dass es nichts anderes mehr gibt als die Traurigkeit.

Eines Tages wachte der Kaiser auf und es war ihm unmöglich, aufzustehen. Erdrückt von Traurigkeit lag er da und starrte tagelang vor sich hin, ohne etwas zu sehen.
Plötzlich sagte er, als spräche er im Schlaf: „Traurig, alles ist traurig."
Und der Kaiser seufzte, als wäre er ein Ballon, aus dem die Luft strömt.

Der Kaiserliche Arzt geriet in Panik.
„Wir müssen den Kaiser gesund bekommen, bevor das ganze Land angesteckt wird", sagte der Kaiserliche Arzt und rieb den Kaiser mit heißem Morast ein, gab ihm eine geheime Teemischung, ließ Witzeerzähler kommen und Bären tanzen, lud Damen ein, die den Kaiser massierten, und steckte Nadeln in die Kaiserlichen Fußsohlen, aber nichts half.
Der Kaiser starrte vor sich hin, als wäre er verzaubert.
Der Kaiserliche Arzt flüsterte: „Vielleicht handelt es sich um eine Krankheit, die wir noch nicht kennen."

Aus dem ganzen Land strömten die Ärzte herbei, aber keiner konnte etwas tun.
„Die Nachtigall", rief der Arzt, „dass wir nicht eher daran gedacht haben!"
Tag und Nacht sang die Nachtigall ihr Lied, aber es half nichts.
Im Gegenteil.
Die Traurigkeit, die den Kaiser ganz bedeckte, erreichte auch die Nachtigall. Alle, die um das Bett standen, hörten ein seltsames Klicken, eine Melodie, die auf einmal falsch klang, immer langsamer wurde und schließlich verstummte.
Die Nachtigall schwieg mit offenem Schnabel.
Das Gold wurde matt.
Die Juwelen verloren ihren Glanz.

Ein riesiger schwarzer Schatten fiel über die Kammer, eine Art Kälte.
Alle zogen die Köpfe ein.
Und dann ging es erst richtig los.
Wie das Lachen des Kaisers im ganzen Reich einen Wirbelwind von Gelächter verursacht hatte, oder wie der Zorn des Kaisers jeden bis in die fernsten Winkel des Reichs dazu gebracht hatte, auf den Knien zu rutschen, so steckte nun die seltsame Krankheit des Kaisers Millionen Chinesen an.
Die Traurigkeit wuchs und wuchs.
Ein Schatten schob sich zwischen die Menschen und die Sonne.
Über das ganze Land.
Unbeweglich lagen sie im Bett. Sie starrten vor sich hin und murmelten: „Traurig, alles ist traurig."
Und dann murmelten sie nichts mehr.
Stille.

Ich weiß noch immer nicht, warum die Traurigkeit mich nicht erdrückt hat. Ich glaube, ich war zu klein, und deshalb hat mich die Traurigkeit nicht bemerkt.

Oder ich war zu geschmeidig und bin der Traurigkeit entkommen, ohne es zu merken.
Vielleicht saß ich auch zu weit oben und die Traurigkeit wagte es nicht, dünne Bambusstängel zu erklimmen.

Manchmal, wenn ich hoch auf einem Baum stehe, spüre ich etwas, wofür ich keinen Namen habe. Etwas, was mit dem Dorf zu tun hat, das ich verlassen habe, mit meinen Eltern, die ich so lange nicht mehr gesehen habe, oder mit der Nachtigall, die ich aus dem Fenster des Palasts fliegen sah, hin zu ihrem grünen Wald.
Eine Art Sehnsucht nach etwas, was es vielleicht nicht einmal gibt.
Dann strecke ich mich, bis ich auf den Zehenspitzen stehe und versuche, die blinkenden Sterne zu berühren, und dabei weiß ich, dass es manche Sterne schon gar nicht mehr gibt.
Nach den Sternen greifen, die es vielleicht nicht mehr gibt.
Wenn man gründlich darüber nachdenkt, ist alles kompliziert und albern zugleich.

Im Kaiserlichen Garten war es totenstill.
Ich wagte nicht, den Palast zu betreten, ich bildete mir ein, ich würde mich anstecken.
Deshalb kletterte ich wie eine Eidechse an den Palastmauern hoch.
Durch die Fenster sah ich die Palastbewohner in ihren Betten liegen.
Einige waren einfach sitzen geblieben, wo sie saßen, als sie von der Traurigkeit überrascht wurden, sie waren an Ort und Stelle erstarrt und betrachteten mit offenen Augen einen traurigen Traum aus Eis.

Aber ich gab nicht auf. Höher und höher kletterte ich.
Ich sah den Kammerherrn auf dem Rücken liegen und zur Decke hinaufstarren, über der sich die Kaiserliche Schlafkammer befand.
Fast war ich dort, wohin ich wollte.
Noch ein paar Meter.

Der Kaiser lag in seinem Bett, mit dem Kopf zu mir.
Er sah mich nicht.
Er schaute durch mich hindurch.
So hatte ich ihn noch nie gesehen.
In wenigen Tagen war er um Jahre gealtert.
Er hatte … einen Bart und … Haare!
Und seine Augen waren ohne jeden Glanz.
Obwohl sich der Kaiser nicht bewegte, wusste ich genau, dass er tief in seinem Inneren weinte, und dass die Tränen nicht aus seinen Augen, sondern in seinen Kopf strömten. Und dass er bald ganz voller Tränen sein würde. Und dann … dann würde das ganze Kaiserreich in Traurigkeit ertrinken.

Das durfte nicht passieren!

Ich glitt von der Mauer nach unten und rannte durch den Garten der Gärten. Die Luft schien dicker zu sein als sonst, die Traurigkeit hatte sogar die Luft schwerer gemacht.

Eines war sicher: So schwer war die Traurigkeit, dass niemand mehr genug Luft bekam, um sich zu bewegen oder zu sprechen.

Und wenn es etwas gibt, was ich glühend verabscheue, dann ist es Stille. In dem Dorf, aus dem ich komme, mögen wir Lärm. Es kann gar nicht laut genug sein. Ein Lachen muss ein wirkliches Lachen sein, kein Lächeln hinter vorgehaltener Hand.

Und wer flucht, muss spüren, wie die Flüche aus seinem Mund spritzen. Nichts ist schlimmer als Stille!

Ich rannte durch die Felder, durch den Sumpf, durch den Wald. Als ich in meinem Heimatdorf ankam, war ich todmüde, weil ich den ganzen Weg durch die dicke Stille waten musste. Als wäre ich unter Wasser gelaufen.

Vielleicht, dachte ich plötzlich, war das ein Zeichen, dass auch ich mich an der Traurigkeit angesteckt hatte.

Ich geriet in Panik.
Ich rannte zum Haus meiner Eltern.
Sie schauten nicht einmal hoch, als ich neben ihrem Bett kniete.
Das war der Tropfen, der den Eimer zum Überlaufen brachte.
Nun war es GENUG!

Ich kämpfte mich durch die dicke Luft nach oben, bis auf den höchsten Baum, bis in die Spitze, die kilometerweit entfernt zu sein schien. Ich schlang meine Beine um den Stamm. Ich hob keuchend und schwitzend die Hände wie einen Trichter vor den Mund und schrie und brüllte, bis meine Kehle brannte und ich keinen Ton mehr herausbrachte.

Es kam keine Antwort.

Ich wartete.
Ich weiß nicht, wie lange ich da saß, aber eines weiß ich genau: Es gibt immer jemanden, der einen hört, so sehr sich die Traurigkeit auch bemüht, jedes Geräusch zu ersticken.

In jener Nacht, während ich heiser in meinem Baum saß, hörte ich plötzlich eine Flüsterstimme, die ich sofort erkannte. „Hier kannst du nicht sitzen bleiben. Vielleicht sieht uns jemand. Viel zu gefährlich. Mach die Augen zu. Vertraue mir."
Das war es, was ich hörte.
Es ist nicht einfach, hoch auf einem Baum mit geschlossenen Augen jemandem zu vertrauen. Ich hörte von überall Geräusche, die mich an das Flattern von Fächern erinnerten, mit welchen sich die Palastbewohner Kühlung zufächern, Hunderte von Fächern.
Überall spürte ich Wind.
Es war, als würde mein ganzer Körper auf einmal von Tausenden von Fingerspitzen festgehalten.
Meine Füße lösten sich vom Baum.

Ich versuchte, unter den Wimpern hervorzulugen, aber es war zu dunkel, um etwas zu sehen.
Und dann spürte ich etwas Weiches, etwas unglaublich Weiches.
Es dauerte eine Weile, bis sich meine Augen an die Dunkelheit gewöhnt hatten. Vor meinem Gesicht flatterte die Nachtigall.
„Hast du das gemacht?", fragte ich.
„Ich war es nicht allein", sagte sie. „Schau doch." Und sie deutete mit dem Schnabel um sich herum.
Ich sah in die Augen von Tausenden von Nachtigallen.
„Jede Nachtigall hat einen Schnabel und zwei Flügel", sagte sie. „Zusammen sind wir stark genug, um dich zu tragen."

Um nicht aufzufallen, saßen die Nachtigallen tagsüber totenstill mitten im Wald, sodass es aussah, als wären die Zweige mit grauen Blättern bewachsen.
Nachts, wenn sie wussten, dass sich keiner so tief in den dunklen Wald hineinwagte, stiegen sie hinauf bis über die Wolken und sangen sich die Lungen aus dem Leib, damit sie es wieder einen Tag lang aushalten konnten.

„Der Kaiser braucht dich", sagte ich.
„Der Kaiser hat uns verbannt", sagte die Nachtigall.
„Der Kaiser braucht dich, aber er weiß es nicht", antwortete ich.
Und ich erzählte von der Traurigkeit, die langsam, aber sicher über das Reich gerollt war und alles zu ersticken drohte.
„Wir müssen darüber nachdenken", sagte die Nachtigall und nahm die anderen mit hinauf in die Höhe.
Ich hörte sie über meinem Kopf zwitschern, als würden sie streiten.
Und dann, sie waren nicht zu sehen, begannen sie zu singen.
Ein Chor aus goldenen Kehlen.
Federleicht fühlte ich mich, als hätte es die Traurigkeit nie gegeben.

Unser Plan war einfach: Ich sollte über die Palastmauer klettern und nachschauen, ob alles sicher war.
Inzwischen würden sich die Nachtigallen, als graue Blätter getarnt, auf einen Baum im Garten der Gärten setzen.
Auf mein Zeichen hin sollten sie eine Wolke bilden und in die Schlafkammer des Kaisers schweben.

Ich war verwirrt, als ich mich auf die Kaiserliche Fensterbank setzte.
Alles schien Bärte bekommen zu haben, sowohl der Kaiser als auch der Garten der Gärten, der nicht mehr jeden Tag beschnitten wurde und zusehends verwilderte.
Ich beugte mich über den Kaiser und hörte, wie langsam er atmete, sehr langsam. Es war keine Sekunde zu verlieren.

Die Nachtigallen bildeten eine Wolke, die hereinschwebte und sich auf dem Kaiser niederließ.
Ich lüge nicht.
Die Nachtigallen bedeckten den Kaiser ganz und gar, wie ein Harnisch aus Federn.

„Es ist eine Frage der Wärme", sagte eine der Nachtigallen. Und dann begannen sie alle auf einmal zu singen.

Aber es geschah kein Wunder.
Der Kaiser fing nicht an zu lächeln.
Die Nachtigall erzählte mir, dass in dem Kaiser ein anderer Kaiser säße, einer aus Eis, und dass sie das Eis erst zum Schmelzen bringen müssten.

„Ich werde dir ein Geheimnis erzählen", sagte eine der Nachtigallen, „das Geheimnis meiner Kehle. Schau mal."
Ich schaute der Nachtigall in die Kehle, und was ich sah, war die Kehle einer Nachtigall, sonst nichts: eine hellrosafarbene Zunge in einem hellrosafarbenen Mund mit einer hellrosafarbenen Kehle.
„Da ist kein Geheimnis", sagte ich enttäuscht.
„Vielleicht ist das ja das Geheimnis", sagte die Nachtigall, „dass mehr als das nicht nötig ist, um zu singen."
Und sie sangen.
Und ich schaute in die Tausenden von Kehlen.

Die Nachtigallen hatten mich reingelegt.

Es gab ein Geheimnis, ich sah, wie es in Tausenden von Kehlen entstand. Ein kleines Glitzern. Ein winziges Flämmchen.

Ich dachte an das, was mein Vater einmal gesagt hatte: Nie den Mut aufgeben, ein einziges Streichholz reicht, um einen Wald in Flammen zu setzen. Ein Flämmchen in der Kehle einer einzigen Nachtigall reicht vielleicht auch, einen Eisbrocken zum Schmelzen zu bringen.

Tausende Kehlen, Tausende Flämmchen leckten an dem erfrorenen Kaiser.

Der Kaiser der Kaiser von China war bedeckt mit einem Harnisch aus Nachtigallen.

Sie sangen die Sterne vom Himmel.

Sie sangen die Sonne vom Himmel.

Sie sangen das Eis aus dem Kaiser.

Sie sangen seine Tränen zu Dunst.

Da schien es, als verziehe der Kaiser das Gesicht im Schlaf.

Doch als es noch einmal passierte und noch einmal, konnte es kein Zufall mehr sein.

Der Kaiser hatte seine Lippen bewegt!

Der zarte Anfang von etwas, was aussah wie ein Lächeln.

Die Nachtigallen sangen lauter.
Und noch lauter.
Ich musste Geduld haben.
Ich schaute durch das Fenster in den Garten, der durch den Gesang der Nachtigallen zu platzen schien.
Ein wahnsinniges Konzert aus Farben und Gerüchen.
Ich konnte mich nicht länger zurückhalten.
Ich stellte mich auf die Fensterbank, reckte mich und stimmte aus voller Kehle in den Gesang ein.
Die Wangen des Kaisers färbten sich rosa.
Er schüttelte kurz den Kopf und betrachtete verblüfft die Vögel, die durch das Fenster hinausflogen.
Der Kaiser setzte sich auf, betrachtete noch einmal seine Arme und seinen Bauch und dann sah er mich, ein Mädchen auf dem Rand der Kaiserlichen Fensterbank.
Er räusperte sich und sagte: „War das … die …?"

„Die Nachtigall?", sagte ich. „Nein. Das waren alle Nachtigallen des ganzen Landes."
Der Kaiser legte die Hand auf die Wange und betastete seinen Bart und seine Haare.
Da, wo früher eine nackte Wange und ein Pferdeschwanz gewesen waren.
Es kostete ihn Mühe, sich aufzuraffen.
Er stellte sich ans Fenster und schaute hinaus in den verwilderten Garten, schüttelte den Kopf, blinzelte und schaute wieder hinaus, um sicher zu gehen, dass er richtig sah.
„Oh je", sagte er.
„Oh je", antwortete ich.
Er schaute vom Garten zu mir und von mir zum Garten.
„Oh je", sagte er.
Wieder schaute er vom Garten zu mir.
„Je, je, je", sagte ich.

Und dann brach der Kaiser in unbändiges Gelächter aus.
Ein unbändiges Lachen rollte aus dem Fenster, rollte durch die Tür die Treppen hinunter, hüpfte wie ein Ball in den Zimmern herum, donnerte in die Säle hinein, knallte durch die Palasttore, erglühte im Garten, sprühte durch die Luft, tauchte in den Sumpf, wehte durch die Wälder, stieß gegen die Traurigkeit, fegte die Traurigkeit an den Rand des Reiches und trat sie dann ins Meer.

„He, he", sagte der Kaiser und hielt sich den Bauch.
„Das war aber schön."
Er schaute aus dem Fenster.

Über dem Garten war eine Wolke zu sehen.
Tausende von Nachtigallen.
Eine Wolke, die eine Form annahm wie der lachende Mund des Kaisers.

Überall im Land runzelten Millionen von Menschen die Augenbrauen, als erwachten sie aus einem ozeantiefen Traum.
Zu ihrer Überraschung spürten sie eine leichte Erschütterung ihres Bauchs.
Kurz darauf bogen sie sich vor Lachen.
„He, he", sagten sie und wischten sich die Tränen von den Wangen.
„Das war aber schön!"

„Was willst du als Belohnung?", fragte der Kaiser die Nachtigall.
Die Nachtigall schüttelte den Kopf.
„Ich habe Eure Tränen gesehen, wohledelgestrenger Kaiser, Eure Lachtränen. Ich habe sie aufgefangen, als sie über Eure Wangen gerollt sind. Ich werde sie bewahren wie Diamanten."
„Kommst du noch einmal vorbei?", fragte der Kaiser.
„Bestimmt", sagte die Nachtigall.

Ich saß auf der höchsten aller Baumspitzen, als die Nachtigallen ausschwärmten.
Tausende und Abertausende von Menschen winkten mit Tausenden von Taschentüchern. Die Nachtigallen flogen nicht in den Wald, sondern reisten der Sonne hinterher.
Auf der Suche nach Nahrung für die Flämmchen in ihrer Kehle.
Und der Kaiser lebte noch lange und glücklich.
Und das Land teilte diese Freude.

Ich bin zurückgekehrt in mein Dorf und erzähle den Kindern vom Geheimnis der Kehle der Nachtigall.

Ab und zu besuchen wir den Garten der Gärten, der nicht mehr aussieht wie auf dem Plan des Ersten Kaiserlichen Gärtners. Es ist kein Garten mehr, sondern ein Wald voller Blumen und Pflanzen.
Ich habe die Kaiserliche Zustimmung, in die Bäume klettern zu dürfen und von da oben die Wolken zu betrachten.

Jedes Mal halte ich Ausschau, ob ich irgendwo eine graue Wolke sehe, die geformt ist wie ein lachender Mund.
Der Kaiser und ich unterhalten uns dann bei einer Tasse Tee über die Nachtigall, die kommt und geht, wie sie will.

Manchmal, wenn der Winter zu dunkel ist und die Nächte gefroren sind, oder wenn die Sommernächte samtweich und hell sind, oder wenn es mich an der Schulter juckt, gehe ich in den Wald und besteige den Baum der Nachtigallen. Ich schlinge die Beine um die Baumspitze, recke mich in die Luft und greife nach den Tausenden von Flämmchen.
Man sagt, es seien Sterne, aber es sind Tausende, Millionen von Kehlen, die singen und gegen eine kleine, glühende Kohle in meinem Bauch blasen.

Wenn ich lange genug singe und meine Arme langsam auf und ab bewege, fühle ich, dass ich warm werde und so leicht, dass meine Füße die Baumspitze loslassen und ich höher und höher steige, getragen von einer Wolke aus Nachtigallen.
Wer nachts in den Garten geht und den Kopf in den Nacken legt, kann uns manchmal durch die Luft schwimmen und langsame Saltos schlagen sehen.
Ein Wasserballett im Weltall. Wir formen Bären, Skorpione, Fische, alles, was man sich denken kann.
Tief im Sommer, wenn die Augustluft dick ist von den aufgesogenen Düften der Sommerblumen, strecken wir die Arme aus und tauchen so schnell in die Tiefe, dass unsere Haare zu brennen scheinen.
Wir sind ein Feld voller Blumen.
Wir sind Tausende, Millionen, Milliarden jubelnder Flämmchen, die darauf warten, berührt zu werden.

SCHAU DOCH.
WÜNSCH DIR WAS, WENN DU UNS SIEHST.
STELL DICH AUF DIE ZEHENSPITZEN.

STRECKE DEINE ARME AUS.
SIEHST DU UNS?
SIEHST DU MICH?

BEWEGE DEINE ARME AUF UND AB.

SO. AUF UND AB.

VERTRAUE MIR.

SPRING EINFACH.

KOMM!

www.boje-verlag.de

© 2009 Boje Verlag GmbH, Köln
Alle deutschsprachigen Rechte vorbehalten
Die niederländische Originalausgabe erschien 2008 unter dem Titel
»Heet Geheim van de Keel van de Nachtegaal« bei De Eenhoorn, Wielsbeke/Belgien
Text © 2008 Peter Verhelst
Illustrationen © 2008 Carll Cneut
Gestaltung: Carll Cneut
Aus dem Niederländischen von Mirjam Pressler
Einbandgestaltung: hoop-de-la.com, unter Verwendung einer Illustration von Carll Cneut
Satz: hoop-de-la.com, Köln
Gesetzt aus der Stempel Garamond, gedruckt auf Lessebo Design
Printed in Belgium

ISBN 978-3-414-82218-5

1. Auflage 2009

Die Boje Verlag GmbH ist ein Unternehmen der VEMAG Verlags- und Medien AG, Köln

Die Produktion dieses Buches wurde vom Flämischen Literaturfonds (Vlaams Fonds voor de Letteren) unterstützt